MON ROMAN DE

LA MAGIE DE NOËL

Mathilde Paris
Marine Gosselin

AUZOU

Bienvenue !

Voici un roman pour t'accompagner jusqu'à **Noël !**

Chaque jour du mois de décembre et jusqu'au réveillon, aide-toi d'une règle pour découper les pointillés et **ouvrir le chapitre du jour,** comme avec un **calendrier de l'Avent !**

Tu découvriras alors un nouveau chapitre de l'histoire, à lire seul(e) ou avec un adulte. **C'est toi qui décides !**

Bonne lecture !

1er décembre

À Jutelandmökk (prononcer Yutelandmeuk), Noël est plus magique que nulle part ailleurs. Durant tout le mois de décembre, la féerie s'invite à chaque coin de rue.

Tout commence le 30 novembre à minuit, quand la neige recouvre le village.

Et justement, nous sommes le 30 novembre. Il est 23 h 59, les premiers flocons ne vont pas tarder à tomber…

10, 9, 8, 7, 6, 5, 4, 3, 2, 1… 0…

Rien…

Mais que se passe-t-il à Jutelandmökk !?

PÂTISSERIE & CAFÉ
OUVERT

Enfants au rapport !

— Où est passé mon bonnet hibou rouge ? se demande Cléo en retournant toute sa chambre. Je l'avais rangé dans ce tiroir l'année dernière ! s'énerve-t-elle.

À Jutelandmökk, la tradition est claire : en décembre, tout le monde doit porter ses plus beaux accessoires rouges, verts et dorés. Écharpe à paillettes, bonnet de lutin, chaussures

brillantes… peu importe, pourvu que ce soit dans l'esprit de Noël ! Père Joël dirige les festivités : c'est lui le chef du village tout au long du mois de décembre !

Cléo a des étoiles plein les yeux en pensant aux prochaines surprises du vieil homme. Elle a hâte de retrouver ses copains Marius, Abby et Liam à l'école pour s'émerveiller des lumières, imaginer leurs cadeaux, et commencer une gigantesque bataille de neige… Comme tous les 1er décembre !

Mais son œil est attiré par quelque chose. Elle s'approche de la fenêtre doucement, en se frottant les yeux pour être sûre de ne pas rêver.

OH !

MAIS ???

— Patatras ! crie-t-elle en mettant ses deux mains devant sa bouche, il n'a pas neigé !

Cléo ouvre la fenêtre, tourne la tête dans tous les sens pour vérifier. Pas un centimètre de neige. Même pas un millimètre !

Elle attrape son bonnet hibou qu'elle a finalement trouvé, son cartable, et court dans la cuisine.

Elle y trouve ses parents en train de prendre leur petit-déjeuner.

— Vous avez vu? demande-t-elle catastrophée en montrant la fenêtre.

— Oui, oui, super ton bonnet hibou…, répond son père sans lever les yeux de son journal.

— Passe une bonne journée, dit sa mère machinalement.

Patate chaude et crottes de renne! Les adultes ne se rendent compte de rien, ou quoi? Vite, il faut qu'on fasse une réunion d'urgence à l'école!

Ni une, ni deux, Cléo part en courant.

Quand elle arrive, essoufflée, dans la cour, ses trois copains sont déjà là.

— Salut… tout… le… monde, dit-elle.

Ses amis lui laissent à peine le temps de reprendre sa respiration et se mettent à parler tous en même temps.

— Il n'a pas neigé, c'est n'importe quoi ! crie Marius, en colère. J'ai mis mes chaussettes de Noël pour rien !

— Noël est fichu ! pleurniche Liam.

— Moi, j'ai vu le docteur entrer chez Père Joël ce matin ! déclare Abby.

Aussitôt, le silence se fait. La colère de Marius retombe et Liam essuie ses fausses larmes.

— Qu'est-ce que tu as dit ? demande Cléo.

Alors, Abby répète doucement, avec un air de conspiratrice :

— Je dis que ce matin, j'ai allumé ma bougie du 1er décembre, j'ai regardé par la fenêtre, et là, j'ai tourné la tête à droite, à gauche, et je me disais « ce n'est pas possible », mais si... Il n'avait pas neigé ! Et puis soudain...

— Rrroooo, plus vite, Abby ! râle Marius.

— ... j'ai vu le docteur entrer chez Père Joël...

Ils n'ont pas le temps d'en parler davantage car la directrice leur dit :

— Bonjour les enfants ! Votre maîtresse, Mme Grammaire, est absente. Vous pouvez rentrer chez vous, nous allons prévenir vos parents.

Abby, Marius, Cléo et Liam se regardent. Finalement, c'est Abby qui rompt le silence :

— Pas de neige, le doc chez Père Joël, la maîtresse absente... Qu'est-ce qui se passe dans notre village ?

2
décembre

PÂTISSERIE & CAFÉ

Un roulé à la cannelle et ça va mieux !

— L’heure est grave, les copains ! dit Liam en reposant le roulé.

Jamais, au grand jamais, Liam ne repose un roulé dans son assiette ! Les roulés à la cannelle de Cerise, la propriétaire de la boulangerie du village, sont célèbres ! Liam est capable d’en manger huit d’affilée. Une fois, il est même allé jusqu’à neuf, mais comme ce n’est pas un très bon souvenir, personne n’en parle. Quoi qu’il en soit, il ne s'interrompt jamais en pleine dégustation !

— On sait, répond Abby en haussant les épaules. Mais qu'est-ce qu'on peut faire ?

Elle croque à son tour dans son roulé et s'exclame :

— Oh là là, tu as raison ! L'heure est grave !

— De quoi vous parlez ? intervient Cléo. Je ne comprends rien !

— Goûte le roulé ! lui ordonne Liam.

Cléo s'exécute.

— Crotte de poule et bave de limace ! Cerise a raté ses roulés à la cannelle !

Les enfants se sont retrouvés dans la boulangerie de Cerise, qui fait aussi salon de thé. La pâtissière arrive justement à ce moment-là.

— Je vous promets, les enfants, j'ai fait comme d'habitude... Je ne comprends pas !

— Ce n'est pas si dramatique, Cerise, tempère Liam qui essaie de rester positif.

— Oui, il y a plus important ! ajoute Abby.

— Plus important que de louper mes roulés ? demande Cerise.

Les enfants froncent les sourcils et Marius l'interroge :

— Alors, toi non plus tu n'as pas vu ?

— Quoi ?

— Mais, Cerise ! s'écrie Abby. Il y a un problème à Jutelandmökk !

Tandis que Marius et Abby racontent tout ce qui se passe (la neige absente, la maîtresse aussi, le doc chez Père Joël...), Cerise hausse les épaules.

— Et tu oublies les guirlandes ! s'exclame Marius.

En effet, chaque 1er décembre, dans la nuit, quand tout le monde dort paisiblement, Père Joël installe les guirlandes à Jutelandmökk. Mais, cette année, rien…

Abby conclut :

— Les amis, j'ai un pressentiment… Noël est en danger !

Alors que le silence s'installe, Liam croque dans son roulé. Raté ou pas, un roulé vaut mieux que pas de roulé du tout.

— Il nous faut un nom pour notre plan d'attaque ! s'écrie subitement Cléo. Je propose « Mystère et boule de Noël » !

— Oui ! confirme Abby. On ne va pas rester les bras croisés ! On va sauver Noël au village !

Ils entendent alors le son d'un gros grelot. C'est Dalloween, le renne-facteur en chef de Jutelandmökk, qui arrive, essoufflé. Il livre une enveloppe en poussant un petit cri.

— Qu'est-ce qu'il dit ? demande Marius à Cléo.

— Il râle parce qu'il nous a cherchés partout.

Car, en plus de sortir des expressions étranges, Cléo maîtrise aussi le rennois, le langage des rennes. Ils ouvrent l'enveloppe.

Votre chère maîtresse, Mme Grammaire, sera absente jusqu'à nouvel ordre, mais n'oubliez pas de faire vos devoirs.

— Parfait ! sourit Abby.

— Euuuhhh... C'est pas très sympa pour la maîtresse, ça ! réplique Marius. Elle est peut-être malade.

— Oui, pardon ! répond Abby. Mais, si la maîtresse est absente, ça va nous laisser du temps pour enquêter.

Aussitôt Cléo, Marius et Liam acquiescent. Mais Liam ose quand même poser une question que tous ont sur le bout de la langue :

— On fait comment pour mener une enquête ?

Six yeux ronds se posent sur lui.

C'est vrai, ça, comment on fait une enquête ?

3
décembre

PÂTISSERIE & CAFÉ

Non aux trucs pas cools !!!

Marius, Liam, Abby et Cléo n'ont jamais mené d'enquête – retrouver le doudou du petit frère d'Abby ne compte pas vraiment –, mais ils peuvent quand même compter sur leur flair et leur volonté de sauver Noël.

Parés de leurs plus beaux vêtements, ils se retrouvent sur la grande place du village le lendemain.

— Vous avez remarqué ? murmure Abby. Regardez les adultes.

Marius, Cléo et Liam observent ceux qui se trouvent autour d'eux.

— Oh, mais ! hoquette Liam.

— Cornebidouillette ! surenchérit Cléo.

— Personne n'a respecté la tradition des vêtements de Noël cette année ! dit enfin Marius.

Sur la place, les adultes du village s'affairent l'air de rien, habillés comme d'habitude.

— Nos parents, passe encore, Cerise, bon, on sait qu'elle n'aime pas trop Noël, mais là, c'est du délire ! s'exclame Marius.

— Venez, dit Cléo, on va pas se laisser faire !

Marius, Abby, Liam et Cléo commencent à interpeller les adultes. Même Liam, qui habituellement ne s'énerve jamais, s'enflamme :

— Vous ne vous rendez pas compte ! Les traditions de Jutelandmökk existent depuis...

depuis... depuis des millénaires ! affirme-t-il, pourtant pas très sûr de lui. Si on ne les respecte plus, alors Noël ne sera plus Noël ! Et notre village perdra son âme !

— C'est vrai ! ajoute Marius. Regardez, même moi j'ai mis mes chaussettes, alors vous pourriez faire un effort.

La mère de Liam, amusée par la situation, ébouriffe les cheveux de son fils puis passe son chemin, comme tous les adultes autour. Le père de Marius, quant à lui, crie de loin :

— À ce soir !

— Ah oui, OK, donc personne ne nous prend au sérieux..., râle Marius.

— J'ai l'impression qu'on est invisibles ! enchaîne Cléo.

Abby sort son petit calepin de sa poche pour prendre des notes sur leur enquête.

— Bien ! s'exclame-t-elle. Puisque les adultes ne se rendent compte de rien, c'est à nous de faire bouger les choses ! Il est temps de passer à la prochaine étape !

— Une pause-goûter ? demande Liam en se léchant les lèvres.

— Mais non, répond Cléo en souriant. Je pense qu'Abby parle d'aller chez Père Joël. C'est ça ?

— Tout à fait, les amis, murmure Abby sur un ton de conspiratrice. Cette mission s'avère plus compliquée que prévu, il va falloir être discrets.

C'est alors que le ventre de Liam fait un bruit de tonnerre.

— Rrrrooo Liam, j'ai dit « discret »! murmure Abby.

— Bah quoi ? J'ai faim !

Malheureusement pour elle, ses trois amis sont déjà tous morts de rire.

— Bon, allez, en route !

Mais une fois de l'autre côté de la place, c'est le choc ! Liam en tombe à la renverse, Marius pousse un cri d'indignation, Abby en lâche son carnet et Cléo murmure l'une de ces phrases dont elle a le secret.

Sur le mur de la mairie est accrochée une grande banderole. Pas une banderole joyeuse de Noël, non, une banderole avec écrit dessus : « *Pas de Noël cette année !* »

Qui a bien pu faire une chose pareille ?

4
décembre

PÂTISSERIE & CAFÉ
OUVERT

Père Joël est hors service !

Hier, après le choc causé par la banderole, les amis ont préféré rentrer chez eux et réfléchir un peu. À Jutelandmökk, comme ailleurs, la nuit porte conseil !

Ce matin, ils se rendent chez Père Joël. Sa maison se trouve juste à côté du lac, en bordure de forêt. Elle est très facile à trouver : c'est un grand chalet peint en rouge avec des motifs de renne découpés dans chaque volet.

« *Vive le vent, vive le vent, vive le vent d'hiver* », fait la sonnette.

Esméralda leur ouvre la porte.

— Oh, bonjour, les enfants ! Qu'est-ce qui vous amène ?

La femme de Père Joël sourit, mais ses yeux ne sont pas aussi pétillants que d'habitude.

— On voudrait voir Père Joël ! ose dire Liam.

— C'est que...

— On sait qu'il y a un problème ! réagit Marius. On veut savoir ce qui se passe, pourquoi, comment, où ça, avec qui et quand !

Malgré la fatigue qui se lit sur son visage, Esméralda explose de rire.

— D'accord, je comprends ! Je pense qu'un peu de visite ne lui fera pas de mal, de toute façon !

Elle les guide alors vers l'intérieur de la maisonnette. Il y a de nombreuses décorations en bois sculpté, des bougies allumées, mais surtout des cartons remplis de décorations de Noël pas encore déballées.

Esméralda ouvre une porte. Au fond de la chambre, Père Joël est sur son lit, l'air épuisé.

— Oh, désolée, ça ne va pas être possible..., chuchote Esméralda. Il dort beaucoup depuis trois jours. Et quand il se réveille, c'est pour râler !

— Non, non, non, non ! gémit Liam. Comment va-t-on faire si Père Joël est malade ?

— Noël est fichu, on va jamais s'en sortir ! crie Cléo. Jutelandmökk va perdre sa magie, les rennes vont déménager, Hercule, le maréchal-ferrant, n'aura plus de travail, Cerise ne fera plus de roulés et on va devenir un village tout triste !

— Câlin-sandwich ! s'écrie Abby. On en a besoin !

Et même si Marius marmonne, il se joint à ses amis. Après tout, un câlin, ça fait du bien !

Esméralda, de son côté, les regarde attentivement. Puis, soudain, son visage s'éclaire et elle murmure :

— Peut-être que... Oui, ça pourrait résoudre le problème... Puis, plus fort : Ne bougez pas, les enfants, je reviens !

Abby, Liam, Marius et Cléo entendent Esméralda fouiller dans des placards, claquer des portes, mais aussi pester.

— Mais où est-il ?

— Quoi, donc, Esméralda ? demande Liam.

— *Le livre enchanté de Noël*, pardi ! C'est un carnet dans lequel Joël a écrit tout ce qu'il doit faire du 1er décembre jusqu'à Noël. Les concours, les activités, les illuminations... Il y écrit même son discours, et tout ce qui est important.

— C'est génial, ça ! s'écrie Abby. C'est comme un mode d'emploi ! Si Père Joël ne peut pas le faire cette année, parce qu’il est malade, eh bien, nous le ferons pour lui. On va sauver Noël !

— Oui ! ajoute Cléo. On peut organiser tout ça à sa place !

Marius approuve, tandis que Liam mange son petit pain d’épice. Ils ont retrouvé le sourire.

Esméralda pousse un petit cri.

— Ce n’est pas possible ! s’exclame-t-elle les mains devant la bouche.

— Qu’est-ce qui se passe ? demande Liam.

— Le... le... le livre, il... il a disparu ! Il y a une enveloppe à sa place !

Elle la tend à Marius, qui l’ouvre et lit à voix haute :

— « *J’ai pris le livre enchanté de Noël, vous ne le retrouverez jamais. Et comme vous êtes des nullos, je vous aide : j’aime pas Noël, et je ne m’arrêterai pas tant qu’il ne sera pas annulé !* »

5
décembre

PÂTISSERIE & CAFÉ

La révolte gronde !

À l’école, même si la maîtresse est absente, les élèves peuvent se retrouver dans une salle pour faire leurs devoirs ensemble.

— Au moins, Mme Grammaire n’a pas oublié que c’était bientôt Noël, elle ! dit Marius en finissant son problème de maths à propos de cadeaux à compter.

— Carrément! surenchérit Abby. Cette leçon sur les traditions de l'Avent dans le monde entier est super intéressante!

Entre deux exercices, ils échangent sur leur mission secrète « Mystère et boule de Noël ».

— Ce mois de décembre ne commence pas très bien..., se lamente Liam.

— Il est carrément nul, tu veux dire! lui répond Marius.

Depuis qu'ils ont vu Père Joël dans son lit et qu'ils ont découvert que son livre sacré avait été volé, leur inquiétude grandit. Comment ramener Noël à Jutelandmökk? Ils ne savent même pas par où commencer!

Leurs devoirs finis, les enfants décident de retourner voir la banderole : il y a peut-être des indices.

— Au fait, j'ai apporté l'enveloppe qu'on a trouvée chez Père Joël, je me suis dit que ça pourrait nous aider, fait Marius.

— Oh, regardez ! s'écrie Abby tout à coup.

Marius, Liam et Cléo sursautent et regardent partout autour d'eux, tandis qu'Abby reprend :

— Ça a l'air d'être la même écriture, sur la banderole et sur la carte de l'enveloppe !

— Tu crois ? demande Liam, perplexe.

— Attendez, réfléchit Marius. Ça voudrait dire que c'est quelqu'un de Jutelandmökk qui se cache derrière tout ça ? C'est impossible ! Qui serait capable d'une telle méchanceté ?

— Alors, qu'est-ce qu'on attend? s'exclame Abby. Il faut retourner voir Esméralda! Elle saura nous dire si Père Joël a des ennemis.

De retour chez le vieil homme, les enfants actionnent la sonnette. Mais, au lieu de l'air joyeux de Noël, c'est une longue plainte qui se fait entendre : « Viiiiiiiiiiveu leu veeeeeeeeeeeent d'hihihihihiveeeeeer ». Ça n'a plus rien à voir avec la mélodie entraînante! Même les sonnettes sont détraquées!

Une fois à l'intérieur, les enfants questionnent Esméralda, qui ne les aide pas beaucoup, malheureusement.

— Mais voyons, Joël n'a aucun ennemi, tout le monde l'adore à Jutelandmökk!

— Peut-être que...

Mais Cléo n'a pas le temps de finir sa phrase : un cri s'élève de la chambre de Père Joël.

— Sortilège! hurle le vieil homme dans son sommeil.

Esméralda les chasse gentiment : Père Joël doit se reposer.

Préoccupés, Marius, Cléo, Abby et Liam reprennent le chemin du village en réfléchissant ensemble à ce « sortilège » sorti de nulle part. Quand ils arrivent, Cléo murmure :

— Il y a un problème, les amis. Je crois que Père Joël n'est pas malade... Je pense qu'il a été ensorcelé !

Tout à coup, ils réalisent quelque chose. Partout autour d'eux, les maisons de Jutelandmökk ont perdu de leur éclat. Comme si les couleurs du petit village commençaient à disparaître en même temps que la magie de Noël.

— Oh, oui, reprend Marius, il y a un GROS problème. Ce n'est pas seulement Père Joël qui a été ensorcelé, c'est tout le village...

6
décembre

PÂTISSERIE & CAFÉ
OUVERT

Crottes de renne fumées !

— Bon, déclare Abby en se frottant les mains tellement il fait froid. Si on n’a plus le livre et que tout Jutelandmökk a été ensorcelé, c’est à nous d’essayer de sauver Noël !

Pour tenter d’éclaircir le mystère qui touche le village, les enfants se sont donné rendez-vous dans un endroit spécial : le chalet des merveilles. À côté de la mairie, ce chalet est recouvert d’herbe que les rennes viennent brouter. Vert avec de jolies portes rouges, il se compose d’une entrée pour déposer ses chaussures pleines de neige, ses skis ou sa luge, et d’une très grande salle. Il y a même des portemanteaux en tête de renne, et chaque villageois dispose de sa propre chaise en bois avec son prénom gravé dessus. C’est là que, normalement, ont lieu les événements festifs du mois de décembre.

— OK, chef ! répond Cléo en souriant. Vous savez quoi ? On va commencer par s’occuper des décorations. Entrons !

D'habitude, à cette période, le chalet des merveilles est déjà décoré, chauffé par trois énormes cheminées, et tous les habitants de Jutelandmökk s'y retrouvent ! Pourtant, cette année, des néons blafards remplacent les lanternes de Noël et aucune décoration n'a été installée.

Ils ont beau regarder partout, pas un seul carton en vue…

— Les décorations doivent bien être quelque part ! déclare Cléo.

Ils se mettent à fureter. Abby soulève le grand tapis pour voir s'il n'y a pas une trappe dessous. Marius, qui a emprunté l'appareil de sa sœur, prend des tonnes de photos. Cléo regarde dans l'armoire, tandis que Liam ouvre les placards.

Tout à coup, ils entendent la porte d'entrée grincer.

— Quelqu'un arrive ! s'exclame Marius.

Cléo aperçoit une silhouette.

— Vite, entrez dans le placard! chuchote-t-elle à ses amis en mettant son index devant sa bouche pour qu'ils se taisent.

Une fois dans le placard, Abby l'interroge :

— Qu'est-ce qui se passe?

— C'est Lupin, murmure Cléo.

— Et alors? Pourquoi tu veux qu'on se cache de l'assistant de Père Joël? Il l'aide bien dans la préparation du mois de décembre, dit Liam.

— Eh bien, j'ai oublié de vous dire mais, hier soir, je me suis souvenue d'un truc : comment nous appelle Lupin quand on le dérange? Quand on est dans ses jambes? Quand il est de mauvaise humeur?

— *Les nullos*, comme sur le message..., dit Liam en poussant un petit cri.

Cléo pose sa main sur la bouche de Liam, mais trop tard.

— Qui est là ? demande Lupin l'air suspicieux. Je vous ai entendus, sortez !

Tapis dans le noir, Abby, Liam, Cléo et Marius ne bougent plus d'un millimètre, effrayés par la voix du vieux grincheux.

Mais l'espace est étroit, et tandis que Liam se laisse glisser au sol, Marius se retrouve déstabilisé. Dans sa chute, il se rattrape à un petit crochet. C'est alors que le mur du fond se met en mouvement et pivote...

Marius tombe et fait une sorte de roulade. Il se relève et murmure :

— Incroyable ! Un passage secret !

Stupéfaits, les enfants découvrent une pièce cachée, et ils n'en croient pas leurs yeux...

7
décembre

PÂTISSERIE & CAFÉ

Renne-facteur, un métier difficile !

Ce matin, Abby s'impatiente au chalet des merveilles.

— RRRRROOOOO ! s'agace-t-elle. Pourquoi personne n'est là ? Qu'est-ce qu'ils font ? Je leur ai pourtant envoyé un message hier soir !

La veille, après s'être assurés que Lupin avait bien quitté les lieux, les amis sont sortis de leur cachette les bras chargés de cartons. Car oui, la pièce cachée contenait les décorations de Noël ! Bien décidés à apporter un peu de joie à Jutelandmökk, les enfants ont passé deux heures à accrocher une boule et une guirlande par-ci, un sucre d'orge ou une couronne de sapin par-là...

Abby se tourne vers Dalloween.

— Dallo, tu as bien distribué le mot que je t'avais donné à Liam, Marius et Cléo ?

Le renne répond par un brame incompréhensible en secouant énergiquement la tête. Le bruit de son grelot doit résonner dans tout le village !

— Trop, c'est trop ! s'impatiente Abby. Viens, Dallo, on va les chercher.

Ils commencent par la maison de Marius. Au troisième coup de clochette, son copain ouvre la porte, en pyjama.

— Tu as reçu mon message ? demande Abby.

— Quel message ?

Abby se tourne vers Dalloween qui lui sourit de toutes ses dents.

— Bon, habille-toi, on file chez Liam.

Chez leur ami, le même scénario se répète.

— Qu'est-ce qui se passe avec Dalloween ? murmure Liam. Ça ne lui arrive jamais d'oublier de déposer une lettre.

Abby hausse les épaules et répond :

— Justement, Cléo pourra nous aider ! C'est la seule qui parle rennois !

— Qu'est-ce que tu as fabriqué ? demande Cléo à Dalloween quand Abby lui raconte ce qui se passe.

Le renne, qui a maintenant une guirlande entremêlée à ses bois, répète la même chose qu'au petit matin. Tous se tournent vers Cléo.

— Oh, mon pauvre, je comprends, dit-elle.

— Qu'est-ce qu'il baragouine ? s'impatiente Marius.

— Dalloween a voulu déposer le courrier comme d'habitude, mais il s'est passé un truc fou : il s'est perdu ! Comme s'il avait oublié où habitaient les gens de Jutelandmökk ! Son frère, Dréveillon, a proposé de s'en occuper, mais lui aussi s'est emmêlé les sabots dans nos adresses !

Les amis caressent le renne pour le rassurer.

— C'est quand même inquiétant, tout ce qui se passe dans notre village, déclare Marius.

Depuis le 30 novembre à minuit, c'est comme si tout était déréglé. Ce sortilège est très fort.

— Abby, que disait ton message? enchaîne Liam. Tu avais une idée pour sauver Noël?

— Oui, je vous donnais justement rendez-vous pour en parler ! Alors voilà : et si on fabriquait notre propre *Livre enchanté de Noël*?

— Comment ça? demande Liam.

— Puisque celui de Père Joël est perdu, on devrait créer le nôtre! Avec toutes nos idées, les adresses des gens, les dates des concours, l'endroit où sont rangées les décorations... Un livre qui nous aidera à préparer Noël!

— Saperli-renne! C'est une super idée, ça, Abby! s'écrie Cléo.

— Et ce n'est pas tout...

Mais avant qu'Abby termine sa phrase, le renne-facteur s'effondre sur le sol.

8
décembre

PÂTISSERIE & CAFÉ

La liste de suspects

— Dalloween va mieux? demande Liam. Il nous a fait peur, hier!

— Oui! répond Cléo. Il était simplement épuisé. Tes petits muffins aux myrtilles l'ont bien requinqué, Liam!

La veille, trop occupés à soigner le renne-facteur, les amis n'ont pas pris le temps de finir leur conversation.

— Bon alors, Abby, déclare Marius, quel est le plan?

— On va lancer Noël avec notre nouveau livre enchanté demain. On donne rendez-vous à tout le monde au chalet des merveilles! Et pour notre enquête, je pense qu'on doit faire une liste de suspects.

— Oui, approuve Cléo. On n'a qu'à écrire tous les noms des gens que l'on suspecte, et à côté leur mobile!

— Leur mobile? répète Liam.

— Oui, enchaîne Marius, la raison pour laquelle ils voudraient ensorceler Père Joël et gâcher Noël!

Abby saisit son carnet et commence à écrire.

— Numéro 1 : Mme Grammaire.

— Impossible! s'insurge Liam.

— Pourtant, depuis qu'elle est absente, tout est parti en cacahouète! répond Abby.

— Mais alors, reprend le garçon, quel serait son « mobile », comme dit Cléo?

— Peut-être qu'elle veut le poste de directrice occupé par la sœur de Père Joël? suppose Marius.

— C’est vraiment tiré par les cheveux ! réagit Cléo.

— Peut-être, mais il ne faut exclure personne, répète Abby. J’ai aussi pensé à Cerise… Elle n’aime pas Noël, elle le dit souvent. Ça lui rappelle la mort de son petit chien, Kroissancho.

— Oui, c’est vrai… Et Hercule ? propose Marius.

— Le maréchal-ferrant des rennes ? demande Cléo. Oui, pourquoi pas. Il râle tous les ans parce qu’il a trop de travail en décembre !

— Tout comme Violetta, d’ailleurs, la dame à tout faire de Jutelandmökk, ajoute Liam.

— Je vous signale que, pour l’instant, on n’a pas mis le suspect le plus évident ! s’exclame Cléo.

— Tu veux dire Lupin ? devine Abby.

— Oui !

— En plus de l’indice sur la carte, il y a aussi le fait qu’il est très sollicité à l’approche de

Noël. L'année dernière, il a menacé Père Joël de tout arrêter...

Les amis acquiescent.

— Il y aurait bien quelqu'un d'autre..., ajoute Marius.

— Tu penses à qui ? demande Liam.

— Bob Fouettard...

— Et pourquoi ? s'étonne Abby.

— Bah, juste parce qu'il est méchant et qu'il déteste tout ce qui apporte de la joie ? demande Liam.

— C'est une bonne raison, approuve Cléo.

Les amis observent leur liste et constatent qu'elle est plutôt mince :

Madame Grammaire	Veut le poste de directrice
Cerise	Est triste à Noël

Hercule	Trop de travail en décembre
Violetta	Trop de travail en décembre
Lupin	Très sollicité + a menacé Père Noël de tout arrêter
Bob Fouettard	Est méchant (très)

— Franchement, déclare Cléo, c'est pas gagné !

9
décembre

PÂTISSERIE & CAFÉ

Bande de… de… d'adultes !

— J'espère qu'il va y avoir du monde ! s'exclame Marius.

Aujourd'hui, les enfants attendent les villageois, à qui ils ont donné rendez-vous au chalet des merveilles. Liam a fait des biscuits en forme de bonhomme décorés de paillettes en sucre de toutes les couleurs. Cléo a mis ses plus beaux badges de Noël sur son manteau : « *Noël, c'est la vie* », « *Vive la magie de Noël* » ou encore « *Touche pas à mon Noël* ». Abby a disposé des petites bougies allumées à l'entrée du chalet, quant à Marius… il supervise !

— Vous avez prévenu vos parents ? demande Cléo à ses trois copains.

Ils hochent la tête.

— Et ils vont venir ? enchaîne-t-elle.

Six épaules se lèvent en même temps, pour exprimer le doute. Depuis le début, Cléo, Abby, Liam et Marius ont beau essayer de secouer leurs familles, celles-ci ne les aident pas.

— Il est grand temps que tout le monde saisisse le danger qui plane au-dessus de Jutelandmökk ! déclare très sérieusement Liam en levant le poing au ciel.

Ses amis éclatent de rire.

Pour attendrir les adultes, les enfants ont amené Dalloween, son frère Dréveillon et le bébé de celui-ci, Sinvalentin, couverts de guirlandes et de belles couvertures dorées.

Enfin, quelques adultes commencent à arriver : les parents de Marius et Liam, Violetta, mais aussi Hercule et Cerise.

— Je me charge de tes parents, Marius ! dit Cléo en lui faisant un clin d'œil.

— Et moi de ceux de Liam, ajoute Abby.

— Oui, séparons-nous pour parler à tout le monde ! répond Liam.

Chacun choisit un petit groupe et distribue des douceurs en évoquant les problèmes de Jutelandmökk.

— Vous avez remarqué? demande Liam. C'est la première fois qu'il ne neige pas le 30 novembre à minuit!

— Vous avez vu les couleurs des maisons qui disparaissent? insiste Abby.

— Cornebidouille et sanglier poilu! s'écrie Cléo. Nous avons besoin de vous pour faire vivre ce mois de décembre!

— Si je mets mes chaussettes de Noël, tout le monde peut le faire! déclare Marius.

— OK! riposte Fabrizio, le père de Liam, je m'engage à mettre mon gilet rouge!

— Et moi, ma veste à paillettes dorées! réplique aussitôt Gina, la mère de Liam.

— Quant à moi, promet Cerise, je ferai des roulés à la cannelle tous les jours du mois de décembre!

Abby, Cléo, Liam et Marius sourient, hochent la tête et attendent d'autres réactions... qui ne viennent pas. Les amis doivent se rendre à l'évidence : les adultes sont vraiment trop... adultes !

Pourtant, Marius ne peut s'empêcher de prendre des photos, car, il en est persuadé, ce seront de bons souvenirs. Soudain, il a le souffle coupé. Il lâche son appareil photo et court retrouver ses amis.

Il montre la foule et leur dit :

— Regardez qui est là !

Abby, Cléo et Liam aperçoivent alors Lupin, caché derrière Hercule !

— Oh, boule à facettes ! s'exclame Cléo. Notre suspect ! Restons discrets et suivons-le !

Un silence pesant s'installe tandis que les amis se mettent en route. Ce qu'ils ne voient pas, c'est qu'un peu plus loin, caché derrière un sapin, un autre intrus observe la scène : le terrible Bob Fouettard...

10
décembre

PÂTISSERIE & CAFÉ

Une fête, une lettre, une devinette…

Hier soir, au terme de nombreuses péripéties, Abby, Marius, Cléo et Liam se sont couchés épuisés et frigorifiés. Ils n’ont pas réussi à découvrir où se rendait Lupin, qui les a semés à l’entrée de la forêt.

Bref, leur enquête n’a pas progressé, et c’est dans le flou le plus total qu’ils rejoignent tous les enfants de Jutelandmökk au chalet des merveilles.

Quand la petite bande les voit arriver, un sentiment étrange s'empare de chacun d'eux. Ils sont contents : les enfants portent tous leurs vêtements de Noël ! Et en même temps, tous sont inquiets...

— Bonjour à tous ! dit Abby. Nous allons...

Mais tout à coup, une forte musique résonne dans la salle. C'est Marius, qui a pris son enceinte. Immédiatement, tous les enfants commencent à sourire, à taper du pied et à frapper dans leurs mains. Ils ont reconnu la musique : c'est leur fameuse danse de Noël !

— Les amis, je crois que la magie de Noël nous manque ! dit Liam. Alors, amusons-nous !

— Mais…, répond Abby, on a une enquête à mener, un village à réveiller, un plan à élaborer !

Marius lui prend la main et l'entraîne vers la piste de danse improvisée :

— Oui, on fera tout ça, mais là, on danse !

— Qu'est-ce qui se passe ? rigole Cléo à côté d'eux. Quelqu'un a pris possession de notre ami râleur !

Et pendant deux heures, à l'abri du regard des adultes, Marius, Abby, Cléo, Liam, Tom, Dalila, Pounette, Scarlett, Côme, Gaspard… TOUS les enfants de Jutelandmökk s'amusent, comme si tout allait bien !

Au moment de la pause-goûter, Abby motive les autres enfants :

— Les amis, puisque Père Joël est malade et que les adultes ne réagissent pas, c'est à nous d'écrire le grand discours officiel du lancement de Noël à sa place ! C'est parti !

— Chers parents, l'heure est grave..., propose l'un des enfants.

— Trop sérieux! répond l'autre.

— Papa, maman, pitié! suggère Liam.

— Trop triste, tranche Pounette.

— Arrêtez d'être vieux et blasés, et au boulot! déclare Marius.

— Trop autoritaire! clame Dalila.

Et ainsi de suite, jusqu'à ce qu'ils trouvent le bon discours, celui qui, enfin, permettra de lancer les festivités de Noël à Jutelandmökk.

Chacun le signe de sa plus belle écriture avant de venir s'asseoir pour regarder un dessin animé de Noël.

Puis les enfants s'endorment pour une petite sieste, collés les uns aux autres, heureux d'avoir partagé ce moment ensemble. Liam et Cléo, de leur côté, discutent :

— Nom d'une pipe sculptée! réfléchit Cléo. Je n'arrive pas à mettre le doigt dessus, mais il y a un truc bizarre. Juste sous nos yeux, quelque chose qu'on n'a pas vu mais qui peut nous aider... RRRaaa... Tu vois ce que je veux dire, Liam ?

Pour toute réponse, Cléo obtient un petit ronflement.

Soudain, elle pousse un cri qui réveille ses camarades :

— Patatras ! J'ai trouvé !

— Mais de quoi tu parles ? bafouille Marius, ensommeillé.

Elle sort le discours de la poche d'Abby et leur colle la feuille sous le nez.

— Regardez les signatures sous le discours, vous ne voyez rien ?

— Cette signature, c'est la même écriture que sur la carte et sur la banderole ! réagit Marius.

— C'est celle du coupable ! déclare Cléo. Et il est parmi nous !

11
décembre

PÂTISSERIE & CAFÉ

Sacré Philou !

Aujourd'hui, tous les adultes sont là ! Pourquoi ? Parce que c'est le jour du castor !

Tous les ans, les habitants de Jutelandmökk se réunissent pour assister Philou le castor dans le rangement de ses réserves d'hiver. Chaque 11 décembre, le castor se mêle donc aux villageois de Jutelandmökk : il en profite pour récupérer des écorces qui le nourriront tout l'hiver, mais aussi pour organiser et juger le concours de bois sculpté ! Les habitants doivent sculpter de jolies décorations dans du bois, et il choisira la plus réussie.

Cette tradition, bizarrement, aucun adulte ne la rate. Qu'il n'y ait pas de neige, que les maisons ternissent et que Père Joël n'ait fait aucune apparition, cela semble ne choquer personne, mais rater le jour du castor, impossible !

Pourtant, une famille brille par son absence : la famille Fouettard ! Depuis les révélations d'hier, Cléo, Abby, Liam et Marius n'ont pas pu interroger Gaspard Fouettard, le fils de Bob. C'est lui qui semble être à l'origine de la banderole et de la carte trouvée à la place du livre de Noël : ils ont reconnu sa signature parmi celles des autres enfants !

— Surveillez bien la foule, déclare Cléo, ils sont peut-être là !

— Je ne crois pas, répond Marius.

— Concentrons-nous sur notre livre de Noël et la tradition du 11 décembre. On verra plus tard ! dit Abby.

— Vous avez vu? demande Liam. Mes parents, ceux de Cléo et de Tom ont fait l'effort de mettre leurs habits aux couleurs de Noël!

Ils n'ont pas le temps d'échanger davantage que Violetta annonce le début des festivités :

— Mesdames, messieurs, le grand concours de bois sculpté va commencer! Mettez bien vos masques de protection, placez-vous devant votre rondin de bois et attendez que Philou donne le départ.

Abby, Cléo, Liam et Marius ont à peine le temps d'enfiler une combinaison, des gants et un masque que Philou monte sur l'estrade.

Le silence se fait et, après un bref rappel des règles, le castor émet un long sifflement aigu qui signe le début de la compétition.

Chacun commence à tailler son morceau de bois selon les conseils du castor qui circule parmi les candidats en prenant des notes. Comme il ne laisse rien paraître, il est très difficile de savoir qui sera le vainqueur : tout le monde a ses chances.

— Philou, tu crois que je pourrais ajouter une petite licorne, un dauphin et une libellule sur la base de mon bougeoir ? demande Cléo, très sérieusement.

Philou ne répond pas, mais se frappe le front de la patte droite en hochant la tête, ce qui fait éclater de rire Liam, Abby et Marius.

— Bah quoi ? s'étonne Cléo. Vous pensez que c'est trop ?

Tout en s'amusant, nos enquêteurs n'oublient pas leur but : trouver Gaspard et surveiller Lupin.

En tout cas, c'est un joyeux tintamarre qui redonne vie au village. Hercule râle car son dos le fait souffrir, Cerise distribue des roulés un peu ratés mais ça va, Violetta s'est transformée en redoutable adversaire pour tout le monde...

Enfin, Philou annonce le vainqueur de cette année : Hercule ! Il a sculpté une magnifique boîte à bijoux. Le castor montre le chef-d'œuvre à tous...

... Mais à ce moment-là, une flèche surgit de nulle part et vient transpercer l'objet !

12
décembre

PÂTISSERIE & CAFÉ

Un discours, un discours, un discours !

Malgré des recherches approfondies, personne n'a retrouvé le tireur de flèche.

Qui a osé commettre un tel crime ? Est-ce que ce serait vraiment Gaspard Fouettard ? Comme il est l'auteur de la banderole et de la lettre, ce serait logique.

Il va falloir qu'il s'explique, et vite !

— Qu'est-ce qu'on attend pour aller chez lui ? s'impatiente Cléo. Tous les indices sont là, non ?

Abby hoche la tête :

— Oui, mais c'est le jour du grand discours officiel du lancement de Noël, on ne peut pas négliger notre mission !

Tout en écrivant un résumé des derniers événements dans leur livre de Noël, elle ajoute :

— On ira chez Gaspard après.

Marius est déjà en route vers la cloche du village pour sonner le ralliement. En attendant le soir, les enfants ont appris la table de multiplication de 2 et 3 et ont révisé les verbes du premier groupe. S'ils veulent l'aide des adultes, ils doivent être irréprochables ! Et comme Mme Grammaire est toujours mystérieusement malade, ils continuent de réviser à la maison.

En parlant de mystère...

— Aucune trace de Gaspard Fouettard ? demande Abby en voyant les gens arriver sur la place.

— Toujours rien, c'est très louche, répond Marius.

Voyant que les villageois commencent à s'impatienter, Abby monte sur le dos de Dalloween et commence à prononcer le discours que tous les enfants de Jutelandmökk ont écrit ensemble. C'est Liam qui conclut :

— Mesdames, messieurs, nous espérons que ce discours vous donnera envie de vivre Noël avec nous, de participer aux festivités, de bouger vos petits popotins d'adultes ! Parce qu'on a besoin de vous ! (Il reprend sa respiration puis ajoute :) Nous, enfants de Jutelandmökk, déclarons la saison de Noël officiellement ouverte !

— Bien dit ! hurle une voix d'adulte.

— Nous sommes avec vous ! répond une autre.

L'émotion est palpable. Marius prend plein de photos-souvenirs qu'il pourra glisser dans leur nouveau livre enchanté. Cléo, elle, râle dans son coin :

— Il ne s'agit pas de renifler, bande de patates brûlées ! murmure-t-elle. Il faut passer à l'action !

Elle croyait avoir murmuré, mais pas du tout. Le silence se fait et tout le monde la regarde. D'un coup, un éclat de rire général secoue l'assemblée.

— C'est ça, l'esprit de Noël ! s'émerveille Liam en attrapant la main d'Esméralda, qui a la larme à l'œil elle aussi.

— On va vous aider ! crie Hercule en levant le poing.

Et alors, un écho se fait entendre quand tout le monde répète en chœur le « Vive Noël » lancé par Liam. Un cri de joie qui vient résonner dans tout le village.

Enfin, Jutelandmökk va avoir son Noël !

Mais, tout à coup, « patatras », comme dirait Cléo, les événements leur échappent.

Marius fait un geste brusque, qui effraie Dalloween, qui part au galop, qui fait basculer Abby, qui tombe sur les genoux d'Esméralda, tandis que Marius part en courant vers la foule, accompagné d'un Liam qui n'a rien compris mais qui le suit, les bras en l'air, en criant « Attends-moiiiiiiiii » ! Tout ça sous les yeux ébahis de Cléo.

— Nom d'un bonhomme à la cannelle, qu'est-ce qui se passe ?

Marius, qui continue à courir, montre quelqu'un du doigt et s'écrie :

— Arrêtez-le !

13
décembre

PÂTISSERIE & CAFÉ

Dans la tempête

— Je n'en reviens pas ! s'exclame Abby.

Hier, Cléo, Abby, Marius et Liam ont eu l'immense joie de prononcer le discours de Noël avec tous les enfants du village. Mais ils ont surtout réussi à attraper un suspect.

— On a mis une sacrée pagaille, rigole Cléo, mais on l'a eu, foie de morue !

Effectivement, la bande d'amis a enfin réussi à intercepter Gaspard Fouettard, l'auteur de la banderole et de la carte. Mais ils n'ont pas pu l'interroger : leurs parents ont exigé qu'ils rentrent se coucher. La poisse !

Gaspard, penaud, leur a promis de tout leur expliquer. Enfin, il se lance :

— Je suis désolé, les amis. J'aurais dû vous dire que mon père m'avait demandé d'écrire des messages pour lui. Mais je ne pensais pas qu'il était en train de préparer un si mauvais coup. Vraiment, je suis désolé !

— Mais pourquoi tu as cherché à fuir, alors ? demande Marius, suspicieux.

— J'avais trop honte, je ne savais pas comment tout vous avouer. Et j'ai adoré participer au discours, regarder le film avec vous, danser, rire... On ne fait jamais ça chez moi.

— Mais du coup, tu peux nous en dire plus sur ce que prépare ton père, Bob Fouettard ? demande Cléo.

— Pas vraiment..., répond-il en haussant les épaules.

— Tu sais s'il a un complice ? insiste Abby.

— Lupin, par exemple ! s'exclame Liam.

Gaspard hausse encore les épaules.

— On va en avoir le cœur net..., reprend Abby, alors qu'ils arrivent devant chez lui. On va fouiller l'atelier de ton père pour essayer de trouver *Le livre enchanté de Noël* ou tout autre indice sur ce qu'il manigance !

Puis, les yeux rivés sur son carnet, elle ajoute :

— À mon avis, on peut rayer Mme Grammaire, Cerise, Hercule et Violetta de nos suspects.

— Il ne reste que Lupin et Bob Fouettard..., murmure Liam.

Ils pénètrent dans un grand hangar sombre : l'atelier de Bob Fouettard, l'homme le plus

bizarre de Jutelandmökk. Des marionnettes pendent au plafond et des outils traînent un peu partout. Les enfants commencent à fouiller sans trouver de preuve. Ça agace Marius.

De son côté, Liam met la main sur un livre de recettes de Noël. Il le feuillette et interpelle ses amis :

— Eh ! Venez voir ce que j'ai trouvé ! dit-il en montrant une page au hasard.

— « Comment provoquer une tempête de neige », lit Cléo. Très étrange, en effet, dans un livre de recettes !

En tournant les pages, ils comprennent vite qu'il s'agit en fait d'un livre de sortilèges ! Ils retirent alors la fausse couverture qui camouflait le livre, intitulé en réalité L'Affreux Livre de Noël. « Comment faire disparaître les cadeaux », « Comment faire grandir un lutin », ou encore « Comment déplacer des objets », voilà les recettes qu'on peut y trouver !

Et surtout, ils découvrent un sortilège qui s'intitule : « Comment faire détester Noël »! Avec à côté, la recette des antidotes!

— Tout s'explique! s'écrie Abby. Bob Fouettard a ensorcelé Père Joël! Allons chez lui tout de suite montrer l'antidote à Esméralda!

Marius, de son côté, perdu dans ses pensées, murmure pour lui-même l'un des sortilèges :

— « *Par le feu et la glace, mélange de joie et de bouillasse, que toute une nuit durant tombe la neige fort et longtemps.* »

Il regarde par la fenêtre.

— Ça n'a pas l'air de marcher...

— Regardez! hurle Liam en montrant la fenêtre du doigt.

La nuit est tombée subitement. Ils se lèvent tous d'un bond et, ensemble, ouvrent la porte. Aussitôt, un vent glacial entre dans la maison de Bob Fouettard, et une tempête de neige se déchaîne.

14
décembre

PÂTISSERIE & CAFÉ
OUVERT

Explications au coin du feu

À cause de la tempête, les amis ont décidé de se réfugier chez Hercule, qui habite juste à côté. Ils sont tombés sur Cerise, qui, elle aussi, s'était retrouvée au cœur de la tempête. Après avoir mangé des boulettes de viande et envoyé un message à leurs parents grâce à Joline la chouette (l'assistante factrice de Dalloween), les enfants sont tombés de sommeil.

Au petit matin, alors qu'Hercule a déjà fait un grand feu dans la cheminée, ils se réveillent et viennent savourer le délicieux petit-déjeuner concocté par Cerise.

— Ch’est délichieux ! s’exclame Liam. Ch’est le paradis ichi !

Cerise rit et leur explique :

— C’est incompréhensible ! Depuis votre discours de l’autre jour, mes roulés à la cannelle ont retrouvé leur saveur ! Comme par magie !

— Venin d’escargot poilu ! dit Cléo. Peut-être qu’une partie de la magie de Noël est en train de revenir ?

— De quoi parlez-vous ? les interroge Hercule qui ne comprend rien.

— Tout a commencé le matin du 1er décembre quand on a constaté qu'il n'avait pas neigé! Puis j'ai vu le doc entrer chez Père Joël...

— Et tu as raté tes roulés, Cerise! Là, on s'est dit que c'était vraiment grave!

— La cerise sur le gâteau des catastrophes! ajoute Cléo.

— Sans parler des sonnettes qui déraillent, des maisons qui n'ont plus de couleur et de Dalloween qui perd le nord! ajoute Abby.

— Bref, intervient Marius, on a découvert que Père Joël n'était pas malade mais ensorcelé, et que Gaspard Fouettard était lié à tout ça.

— Enfin, en fait c'est son père le coupable! corrige Abby.

— Et peut-être Lupin, précise Cléo.

— Bref! dit une nouvelle fois Marius. On a trouvé le livre de sortilèges de Bob Fouettard, donc on va pouvoir aider Père Joël. Mais attention, ces sortilèges sont très puissants!

Hier, j’ai juste murmuré le sortilège « Comment provoquer une tempête de neige » et vous avez vu le résultat…

Mais Marius s’interrompt face au silence autour de lui. Tout le monde le regarde.

— Ah… vous ne saviez pas que j’étais à l’origine de la tempête de neige… Gloups…

— D’accord, je n’ai pas tout compris, mais avec Cerise, on va vous aider ! intervient enfin Hercule. Comme ça, tout le monde arrêtera de dire qu’on n’aime pas Noël !

— Mais vous n’aimez PAS Noël ! s’écrie Abby.

— Bien sûr que si ! répond Cerise. On adore Noël, c’est juste qu’on n’a pas forcément le temps d’aider Père Joël comme on le voudrait. D’ailleurs, d’habitude, qui l’aide ?

— Euh…, bafouille Liam.

— Pas moi, murmure Abby.

— Moi non plus, répondent en chœur Cléo et Marius.

— Voilà, reprend Cerise, personne !

— C'est vrai, ça ! rebondit Liam. D'habitude, Père Joël fait TOUT et ça arrange tout le monde. Mais il est temps que ça change ! dit-il le poing levé. Tous ensemble, on va faire revenir l'esprit de Noël.

— Attendez, demain, c'est le grand concours de chocolat chaud ! se rappelle Cerise. On ne va pas pouvoir s'occuper du sortilège…

Alors que tout le monde acquiesce, ils sont interrompus par de grands coups frappés à la porte… Dans un carton déposé devant l'entrée, ils découvrent un objet cassé en mille morceaux.

— Oh, non ! s'écrie Liam. C'est le trophée du concours du meilleur chocolat chaud !

— La tasse dont hérite le vainqueur chaque année ? demande Marius.

— Et il y a pire ! s'écrie Cléo. Il y a un mot : « *Ma plus grande joie : gâcher Noël* » !

15
décembre

PÂTISSERIE & CAFÉ

Chaud, chaud, chaud, le chocolat !

— Mettons Bob Fouettard de côté aujourd'hui, les copains, et amusons-nous ! déclare Liam.

— Bien dit ! approuve Cléo. C'est quand même le grand concours de chocolat chaud !

Grâce à la tempête de neige provoquée par Marius, les maisons de Jutelandmökk sont toutes recouvertes d'un manteau blanc et le lac gelé brille au soleil. Le sapin de la grande place resplendit de mille feux, les guirlandes ont toutes été installées et de la musique résonne dans tout le village.

— Les amis, je vais pleurer..., murmure Liam en regardant toute cette bonne humeur autour de lui.

— Mais non, mon Lili, fais pas cette tête! le réconforte Cléo. Y a de la joie, de la neige et bientôt des bons chocolats! La vie est belle!

Une fois tous rassemblés sur la place blanche, Violetta annonce le début du concours :

— *Petits et grands, voici venir le grand moment!*
Place à la fête, place aux gourmands!
Que vos idées ne tombent pas à plat
Pour nous offrir le meilleur chocolat!

Des cris de joie lui répondent. Chacun s'affaire autour de son stand pour faire goûter ses délicieuses recettes. Abby, Liam, Marius et Cléo, accompagnés de leurs parents, circulent dans les allées pour les tester tous.

Chocolat chaud à la cannelle, aux pépites de caramel, ou encore à la guimauve avec une montagne de crème fouettée et des garnitures de toutes les couleurs, et même avec de la réglisse ! Miam !

Et pour désigner le gagnant, il faut aussi goûter les chocolats les plus étranges : avec de la moutarde (« Beurk ! » a dit la sœur de Marius), des cornichons (« Pouah ! » s'est exclamée la mère de Cléo) ou des morceaux de citrouille confite (« Hum, tiens, c'est original, ça ! » a dit Fabrizio, le père de Liam).

— Dalloween, s'écrie Cléo morte de rire, arrête de lécher le fond des tasses ! Tu vas avoir mal au ventre.

Violetta sonne alors la cloche et s'écrie :

— C'est l'heure tant attendue des résultats ! Cette année encore, vous nous avez régalés, mais il ne peut y avoir qu'un seul gagnant. Voici les points attribués.

Chocolat chaud à la cannelle : 16 points.

Chocolat chaud à la guimauve avec une montagne de crème fouettée : 22 points.

Chocolat chaud avec des pépites de caramel : 13 points.

Chocolat chaud à la réglisse : 15 points.

Chocolat chaud à la moutarde : 1 point...

— Ça alors, qui a voté pour ce truc ? demande Cléo en faisant une moue de dégoût.

Chocolat chaud aux cornichons : 0 point.

Chocolat chaud à la citrouille confite : 28 points.

— Ah, je me disais bien que c'était bon ! affirme Fabrizio, satisfait.

C'est Mamie Huchette qui remporte le prix du meilleur chocolat chaud de l'année ! Marius, toujours photographe en titre de ce drôle de mois de décembre, mitraille la championne. De son côté, Liam note la recette. Ce sera parfait dans le livre des merveilles !

— On n'a peut-être pas retrouvé le vrai livre enchanté ni libéré Père Joël, dit Abby, mais on n'a pas complètement raté Noël !

— Pour le moment..., répond Marius le rabat-joie.

Puis, ramassant à toute vitesse de la neige sur le sol, il lance une boule à Abby qui riposte immédiatement.

— À l'attaque !!

Les amis se déchaînent les uns contre les autres, les cris et la musique résonnent.

Mais personne ne prête attention à Liam, qui s'enfuit en courant...

16
décembre

PÂTISSERIE & CAFÉ
OUVERT

On n'est pas des nullos !

Quand Abby, Marius et Cléo ont enfin réalisé que Liam avait disparu, ils ont voulu partir à sa recherche. Mais les parents ont été très clairs : il était l'heure de « faire un gros dodo » !

Alors, ce matin, ils ont décidé de se rendre directement chez leur ami.

Devant sa porte, ils sont très inquiets : Abby a les cheveux complètement emmêlés à force de les tripoter, Marius grince des dents et Cléo est silencieuse, ce qui n'arrive jamais.

Comme personne n'ouvre, Marius ose dire ce que tout le monde pense :

— Et s'il avait été enlevé par Bob Fouettard ?

Abby sonne une deuxième fois, puis une troisième. Toujours rien.

— Crottes de renne fumées ! murmure Cléo. On a mis notre ami en danger !

— Arrêtez, tous les deux ! répond Abby, agacée, le doigt enfoncé sur la sonnette.

La porte s'ouvre alors... et ils découvrent... Liam, qui se frotte les yeux, suivi de Gargantua, son petit chien, qui porte un costume de lutin.

— Mais qu'est-ce que tu fais là? demande Marius.

— Ben... j'habite ici!

— Poil de lama! s'écrie Cléo. On a eu peur! On a cru que Bob Fouettard t'avait kidnappé!

Liam leur raconte ce qui s'est passé :

— Je n'ai pas eu le temps de vous prévenir, mais mon père m'a annoncé qu'il avait rendez-vous avec Lupin et je me suis dit que c'était l'occasion de le surveiller! J'espérais qu'il se trahirait tout seul. Après tout, on ne sait toujours pas si Bob Fouettard a agi seul ou avec Lupin!

— C'était une super bonne idée! répond Marius. C'est vrai qu'on le soupçonnait, après tout, il dit toujours « nullos » et il déteste Noël.

— Et alors, tu as appris quelque chose? s'impatiente Abby.

— Pas grand-chose... Enfin, si! Je ne pense pas que Lupin soit coupable!

— Pourquoi? demande Marius.

— Je les ai suivis, et je me suis caché pour les observer. Mon père a servi de l'hydromiel à la cannelle et, en fait, je crois que Lupin aime Noël ! Il a dit que les roulés de Cerise lui manquaient, et qu'il s'était entraîné longtemps pour les sculptures sur bois. Il a même commencé à faire une crèche grandeur nature dans son atelier, et puis...

Un gros « atchoum » résonne. Liam renifle et achève son histoire :

— Et enfin, Lupin a demandé à mon père s'il avait vu Père Joël car il était inquiet.

— Ça ne prouve rien, il aurait pu faire semblant, intervient Marius.

— Je ne crois pas, reprend Liam.

Ses amis hochent la tête, l'air sérieux.

— Morue séchée ! Tu as appris plein de choses ! s'exclame Cléo.

— C'est vrai, reprend Abby le sourire aux lèvres. On avance ! Je pense qu'on peut enlever Lupin de la liste, non ?

Ses amis acquiescent et elle raye le nom de l'assistant de Père Joël. Il ne reste que Bob Fouettard...

— Bon, au boulot ! dit-elle ensuite. Je vous rappelle qu'on a un antidote à décrypter pour sauver Père Joël.

À voix haute, Abby commence à lire :

— « *3 poils blancs de renne, 1 pétale d'hellébore violet, 2 plumes de chouette, 1 cheveu de l'amour de l'en...* »

Puis elle s'arrête tout à coup.

— Quoi ? demande Liam. Qu'est-ce qui se passe ?

— On est fichus ! La suite de la recette a été effacée !

17
décembre

PÂTISSERIE & CAFÉ
OUVERT

Il nous faut cette recette !

Hier, les amis se sont séparés, le cœur lourd. Leur plan : se retrouver chez Cerise aujourd'hui pour essayer de reconstituer l'antidote. Une fois installés, Marius sort le livre de Bob Fouettard.

— Allez, on la trouve, cette recette ?

— C'est très facile, les interrompt Cerise, il faut du beurre, de la farine... Moi je mets de la complète, ça change un peu...

— Euuuuh..., répond Abby, embarrassée. Désolée, Cerise, mais ce n'est pas de cette recette-là qu'on parle, c'est de celle pour sauver Père Joël.

— Oups, dit-elle en rougissant. Faites comme si je n'avais rien dit !

Marius se met à lire à haute voix :

— « *Dans la grotte des neiges ensemble vous devrez tout mél...*

Une nuit entière la potion doit repo...

En une gorgée le mélange doit être ava... »

— Bon, rebondit Abby, c'est facile : Dans la grotte des neiges ensemble vous devrez tout **mélanger**. Une nuit entière la potion doit **reposer**. En une gorgée le mélange doit être **avalé**.

— OK, dit Liam en caressant Gargantua, mais pour le dernier ingrédient effacé ?

Tous ensemble, ils fixent la page et cette dernière phrase mystérieuse : « *1 cheveu de l'amour de l'en...* »

— Un cheveu de l'amour de l'en... semble ? tente Marius.

— De l’en… quêteur ? dit Cléo en souriant.

— De l’en… fant ? propose Liam.

Alors qu’un lourd silence s’installe, Cléo se lève d’un bond. Son bonnet lui tombe sur les yeux et elle s’exclame :

— Patate chaude, je l’ai ! Je suis sûre que c’est « 1 cheveu de l’amour de l’ensorcelé » ! Un cheveu d’Esméralda, quoi !

— Mais bien sûr ! réagit Abby en se tapant le front de la main. Alors, si je récapitule, il nous faut : 2 plumes de chouette, 3 poils blancs de renne – facile, ça, grâce à Dalloween ! –, 1 cheveu d’Esméralda et 1 pétale d’hellébore violet.

Leur enthousiasme retombe aussitôt. Comment vont-ils trouver tout ça ?

— C'est quoi comme fleur, un hellébore ? s'interroge Marius.

— Où trouver des plumes de chouette vu que Joline est en vacances ? enchaîne Liam.

À ce moment-là, Cerise et Hercule, qui n'étaient pas loin, se joignent à eux.

— On s'occupe des plumes de chouette si vous voulez ! Joline niche à côté de chez moi, déclare Hercule.

Abby acquiesce :

— Super ! Et nous, on va aller à la bibliothèque !

— Pour quoi faire ? demande Liam. C'est là que tu comptes trouver l'hellémore ? Ça pousse dans les livres ?

— *Hellébore*, Liam. Non, mais je pense qu'on trouvera toutes les informations dessus à la bibliothèque de Jutelandmökk !

Ils finissent leur chocolat chaud à toute vitesse puis se mettent en route.

À la bibliothèque de Jutelandmökk, il n'y a que des livres très spéciaux qui n'existent nulle part ailleurs : *Les aliments préférés des castors qui ont perdu une dent*, *Suivre la trace des bébés chouettes blancs grâce à leurs crottes*, ou encore *Savoir couper du bois en mangeant du chocolat*.

Mais quand les enfants arrivent, ils trouvent porte close. Un panneau est accroché à l'entrée. Les quatre amis poussent un cri de surprise en voyant le message.

18
décembre

PÂTISSERIE & CAFÉ

Léon trouve la solution !

— La poisse-caille ! s'écrie Cléo à propos de leur expédition loupée à la bibliothèque. À chaque fois que quelque chose s'arrange, autre chose se dérègle !

— C'est vrai. Cette enquête nous donne du fil à retordre ! enchaîne Abby.

— Ça veut dire quoi? murmure une petite voix derrière elle.

Si Cléo, Marius et Liam ont envie de rire, ce n'est pas du tout le cas d'Abby.

— Écoute, cacahouète, j'ai accepté de faire du baby-sitting aujourd'hui parce que nounou est malade, mais qu'est-ce que je t'ai dit ? demande-t-elle à son petit frère Léon.

— Que je devais me faire aussi petit qu'une fourmi et aussi muet qu'une carpe, dit-il tout sourire.

— Voilà, reprend Abby. Et là, tu parles, et c'est pas ce qu'on avait dit.

Léon, du haut de ses cinq ans, fait semblant de fermer sa bouche avec une fermeture Éclair, puis glisse ses mains dans les poches de sa doudoune.

— Je dis plus rien, Abbybou.

Les enfants éclatent de rire.

Pour faire diversion, Abby s'exclame :

— Bien, on en est où ? Liam, au rapport !

— On a presque réussi à identifier tous les ingrédients de l'antidote. Hercule et Cerise s'occupent des plumes de chouette, on doit demander un cheveu à Esméralda, et passer voir Dalloween. Il reste plus qu'à trouver ce qu'est un hellédore.

— *Hellébore*, Liam ! s'énerve Marius. Bon, comment on va faire ? On ne sait pas ce qu'on cherche, on n'a pas le temps d'aller demander à tout le village, et les livres ont été volés...

— Et on est déjà le 18 décembre, ajoute Liam. Le temps presse !

Tandis que la bande d'amis réfléchit, Léon, de son côté, s'amuse à suivre un oiseau. Tout à coup, il revient vers sa sœur.

— Abbybou, j'ai trouvé ça par terre, c'est quoi ?

Abby répond sans regarder :

— Léon, qu'est-ce qu'on avait dit sur les poissons qui ne parlent pas ?

— Attendez, c'est vrai, c'est quoi, ça ? dit Liam en attrapant la feuille que tient Léon.

Ça ressemble à une carte, avec un chemin en pointillé et des endroits avec des symboles bizarres.

— Morue séchée, on dirait une carte au trésor ! s'exclame Cléo.

Léon éclate de rire en entendant l'expression de Cléo. Abby enchaîne :

— Et pas n'importe laquelle ! Regardez, il y a des livres dessinés dessus, là !

— Alors, ajoute Liam, si on arrive à la déchiffrer, on retrouvera les livres volés ?

Marius attrape la carte et la tourne dans tous les sens :

— Je n'y comprends rien, c'est dessiné n'importe comment ! Les pointillés ressemblent à des empreintes d'animaux. C'est vraiment trop étrange!

De longues minutes passent sans que personne dise quoi que ce soit. Car personne n'a rien à dire : cette carte est vraiment impossible à comprendre!

Soudain, Léon s'approche du groupe et pointe un endroit en déclarant :

— Oh, le joli lac!

Abby s'apprête à le repousser de nouveau quand Marius s'écrie :

— Tu es un génie, Léon! Je sais où sont les livres!

19
décembre

PÂTISSERIE & CAFÉ
OUVERT

Soirée Rennes des neiges

En déchiffrant la carte, Marius a trouvé où étaient les livres volés de la bibliothèque : dans la cabane près du lac ! C'est ce qu'indiquaient les symboles (enfin, il en était presque sûr...).

Aujourd'hui, ils se mettent en route en fin d'après-midi, après avoir fait leurs devoirs et échappé à leurs parents.

— Allez, on trouve les livres, puis l'hellébore, puis Dalloween puis Esméralda, et le tour est joué ! dit Abby, malicieuse.

Alors qu'ils s'approchent de la cabane, ils entendent du bruit. On dirait de la musique mêlée à des cris d'animaux, c'est très étrange... Les enfants se mettent à courir, en éclairant le chemin avec leurs lampes torches.

— Ça alors ! s'exclame Liam.

— Qu'est-ce que c'est que ça ? fait Marius.

— Nom d'une pipe en bois sculpté ! ajoute Cléo.

Devant eux, des centaines de rennes déguisés dansent et chantent ! Certains patinent sur le lac qui a enfin gelé depuis la tempête de neige, d'autres encore font un concours de lancer de troncs... Il y a des feux de bois, des guirlandes et des bougies partout. La cabane en bois a été

transformée en buvette, devant laquelle les rennes font la queue.

— Les copains, murmure Liam, ce n'est pas Dalloween, là-bas? dit-il en montrant justement la buvette.

— Si, confirme Marius. On dirait que c'est lui qui prépare les boissons!

Les enfants se rapprochent du renne-facteur. Quand il les aperçoit, il brame quelque chose que Cléo traduit immédiatement :

— Il nous dit « Bienvenue à la soirée Rennes des neiges »! Et il nous propose de choisir un cocktail!

— Incroyable! On est tombés sur une soirée de rennes!

Dalloween tend un livre aux enfants. Encore un peu sous le choc de ce qu'ils viennent de découvrir et de cette ambiance carrément givrée, les enfants attrapent le livre. Abby réagit :

— Regardez ça!

— Oh, oui, répond Liam, un petit cocktail « Pin sylvestre et sureau givré », ça me tente bien, moi aussi ! On pourrait mettre la recette dans notre livre enchanté...

— Mais non, cacahouète, répond Cléo qui comprend aussi. Regarde l'étiquette : c'est un livre de la bibliothèque ! Et d'ailleurs, il y a des livres suspendus dans les arbres. Celui qu'on cherche s'y trouve peut-être ?

En effet, les ouvrages de la bibliothèque sont là, ouverts pour montrer leurs plus belles illustrations. Dalloween, quand il comprend que les enfants regardent les livres, brame une nouvelle fois. Cléo traduit :

— Ah d'accoooooоord ! Dalloween explique qu'il avait besoin de ces livres pour réaliser la déco et trouver des recettes de super cocktails ! Et la carte au trésor, c'était l'invitation à la soirée Rennes des neiges, c'était écrit en rennois ! ajoute-t-elle en rigolant.

Le renne leur indique où se trouve le livre qu'ils cherchent : *Plus d'erreur sur les fleurs.*

— Là ! intervient Abby. Voici l'hellébore !

Liam jette un œil au dessin de la petite fleur violette.

— Quoi ? C'est ça ? Mais il y en avait des milliers sur le chemin de la cabane.

Ses amis, qui n'ont rien aperçu, le regardent étonnés.

— Appelez-moi œil de lynx, les copains ! ajoute Liam, fier de lui.

Avant de partir à la recherche de l'hellébore, les enfants proposent cette fameuse petite coupe de poils à Dalloween, qui se laisse faire.

— Bonne soirée Rennes des neiges ! crie Cléo en partant.

Ils commencent à cueillir quelques pétales de la fameuse fleur pour l'antidote, quand, soudain, des cris résonnent dans la forêt...

20
décembre

PÂTISSERIE & CAFÉ
OUVERT

Abracadabra !

Les cris dans la forêt étaient ceux des parents d'Abby, Liam, Marius et Cléo ! Inquiets de ne pas voir les enfants rentrer, ils sont partis à leur recherche tous ensemble.

Les parents les ont un peu grondés. Heureusement, Abby, Liam, Marius et Cléo ont réussi à les convaincre de continuer à leur faire confiance. Les adultes commencent à comprendre l'importance de Noël !

Et ça tombe bien, car, aujourd'hui, ils doivent préparer l'antidote.

— Marshmallow et cœur de guimauve, on la fait cette recette ou quoi ? demande Cléo.

Ensemble, ils pénètrent dans la grotte des neiges, équipés de leurs lampes frontales.

— Allez, déposons les ingrédients sur cette pierre, puis mélangeons-les dans… (Abby regarde partout autour d'elle.) Personne n'a apporté un petit chaudron, par hasard ?

— Euh, si, répond Marius, j'ai toujours mon petit chaudron portatif sur moi !

— Ah, super, ça ! dit Liam.

— Mais non, patate frite, rigole Cléo, il plaisante. Il n'a pas de chaudron !

— Bon, pas grave, reprend Abby, on peut mettre tout ça ici, dit-elle en montrant une pierre creusée.

Mais, au moment où elle énumère la liste à voix haute, elle pousse un petit cri.

— Saperlipopette ! dit-elle. Il nous manque un ingrédient !

— Lequel ? demande Liam.

— Le cheveu d'Esméralda ! s'exclame Cléo. On a complètement oublié !

— On a encore le temps d'y aller ! Vite, dépêchons-nous, dit Marius.

À peine sont-ils levés que trois ombres gigantesques apparaissent à l'entrée de la grotte !

Et plus elles approchent, plus elles ont l'air de grandir... Les enfants sont pétrifiés.

— Oh non, Bob Fouettard nous a retrouvés ! murmure Abby.

— Ou bien ce sont des ogres ! lâche Liam.

— Qu'est-ce qu'on fait ? demande Abby.

Liam ramasse un bâton. Il le brandit devant lui pour protéger ses amis...

Mais, ouf ! ce n'est que Cerise, Hercule et Esméralda ! Les quatre enfants poussent à l'unisson un énorme soupir de soulagement.

— Bonjour, les enfants, dit Esméralda l'air de rien. Cerise et Hercule m'ont parlé de votre quête. Il me semble que vous avez besoin de moi, non ?

Elle leur tend alors un cheveu.

— Effectivement ! répond Marius. Merci, Esméralda !

En un clin d'œil, les ingrédients sont mélangés.

— Il ne reste plus qu'à attendre..., dit Abby.

— En tout cas, moi, je sens déjà la magie dans l'air ! répond Cléo en souriant.

— Comment ça ? demande Liam.

— Eh bien, depuis le début de notre mission, Abby est devenue une super enquêtrice, Marius est beaucoup moins grincheux et toi, Liam, tu as fait preuve d'un grand courage ! J'ai l'impression qu'il s'est passé quelque chose de spécial, non ?

Son ami sourit et ajoute :

— Et toi, Cléo, tu as su détendre l'atmosphère et nous faire rire même quand on croyait que tout était perdu !

Tout le monde a le sourire aux lèvres. Mais, soudain, la potion commence à mousser. Marius se penche au-dessus et murmure :

— J'espère que ça va m...

Il n'a pas le temps de finir sa phrase qu'une explosion les secoue.

Le mélange tournoie, le chaudron improvisé tangue et, tout à coup, une épaisse fumée noire envahit la grotte...

21
décembre

PÂTISSERIE & CAFÉ

Une journée très spéciale

Les enfants se rendent chez Père Joël avec l'antidote. La potion a mariné toute la nuit, et malgré l'explosion, le mélange semble tout à fait... buvable. En arrivant, ils remarquent que la maison est plongée dans le noir. Ils ont beau tirer sur la clochette encore et encore, personne ne répond !

— Mais où sont-ils donc passés ? s'emporte Marius.

— Oh là là, gémit Liam. Bob Fouettard nous a tout pris : le livre enchanté, la joie de Noël et maintenant Père Joël...

— Sacrebidouille ! Allons d'abord au village voir si quelqu'un a vu Père Joël.

Sur la place du village, les enfants aperçoivent des habitants de Jutelandmökk en train de transporter de gros blocs de glace.

— Qu'est-ce qui se passe ? demande Abby.

— Mais oui ! s'exclame Liam en se frappant le front. C'est le jour du concours de sculpture sur glace.

— On a tellement été occupés avec notre potion qu'on a oublié le calendrier des fêtes ! enchaîne Marius. J'avais pourtant tout noté !

— Ça alors, intervient Abby, vous avez vu ? Tout le monde est venu sans que Père Joël n'ait besoin d'envoyer les invitations, comme il le fait d'habitude.

— C'est ce que disait Cléo hier, la magie est en train de revenir..., reprend Liam.

Cerise, qui a mis des gants épais, place ses lunettes de protection. Hercule enfile sa combinaison. Gaspard analyse son bloc de glace. Vitali, le père de Liam, s'apprête à allumer sa mini-tronçonneuse, tandis que Mamie Huchette distribue du chocolat chaud à tout le monde. Même Dalloween est là, en train de prendre la pose pour Hercule !

— Ce qu'on fait pour sauver Noël est en train de marcher ! s'exclame Marius.

Il se rend compte qu'il parle tout seul : Cléo est partie. Il la rejoint.

— Qu'est-ce que tu fabriques, Cléo ?

— Tu vois bien, Marius, j'enfile une combinaison.

— Pour quoi faire ? demande Liam.

— Mais, enfin, bande de cacahouètes grillées, pour participer ! On ne va quand même pas rester sur le côté et regarder les autres s'amuser ! On est des habitants de Jutelandmökk ou on n'est pas des habitants de Jutelandmökk ?

— On est des habitants de Jutelandmökk ! répondent ses amis en riant.

Ni une, ni deux, la petite bande est prête à sculpter la glace.

Attention, top départ ! Dans un joyeux brouhaha, entre fous rires et bruits de coupe, le village revit !

— Qu'est-ce que c'est que ce monstre ? demande Abby à Cléo devant sa sculpture.

— Mais enfin, c'est le portrait de Père Joël !

— Oups !

— C'est dur ! gémit Liam. Encore plus dur que de sculpter le bois ! Dire que mon père a gagné ce concours six fois d'affilée !

À la fin de la journée, Mamie Huchette fait un petit bilan : il y a quatre statues dédiées au renne-facteur : Dalloween qui patine, Dalloween qui brame, Dalloween qui sautille, Dalloween qui poste son courrier.

Il y a eu aussi deux arbres, une chaise, un énorme roulé (ça, c'est Cerise !) et d'autres choses un peu plus difficiles à reconnaître… Sans oublier le fameux portrait de Père Joël réalisé par Cléo ! Mais, cette année encore, Vitali, le père de Liam, est le grand gagnant avec la magnifique sculpture du traîneau de Père Joël (avec tous les détails !).

À ce moment-là, Esméralda arrive en courant.

— Aidez-moi ! Mon Joël a disparu ! Il a dû lui arriver quelque chose !

22
décembre

PÂTISSERIE & CAFÉ
OUVERT

Mais où est Père Joël ?

Aujourd'hui, les enfants bravent le froid et foncent à travers la forêt sur leurs fidèles destriers, à savoir les membres de la famille de Dalloween ! Il faut retrouver Père Joël !

Tandis que Cléo est sur Dalloween, Abby et Liam ont pris place sur Mardidras. Marius, quant à lui, monte Chocodepac, le plus vieux renne du troupeau. Ils fouillent la forêt, puis passent devant chez Bob Fouettard (qui n'est toujours pas là... mais où se cache-t-il donc lui aussi ?).

Quand ils arrivent chez Père Joël, Esméralda les rejoint en courant.

— Vous n'allez pas le croire : j'ai retrouvé mon Joël ! Depuis tout ce temps il était dans la grange, en train d'essayer de réparer le vieux traîneau de son grand-père.

— Ouf, répond Liam.

À ce moment-là, Marius les rejoint, en râlant sur sa monture qui traîne un peu la patte.

— Mais qui m'a donné ce vieux bouc ?

Tous éclatent de rire.

— Un renne, Marius, pas un bouc !

— C'est la même chose ! répond-il bougon. Bon, sinon, j'ai loupé quelque chose ?

— Père Joël est là ! C'est le moment du verdict ! dit Liam en sortant la potion de son sac.

Les enfants attendent de voir comment va réagir le vieil homme.

Père Joël l'avale d'un coup !

Aussitôt, il se plie en deux. Tout le monde retient son souffle…

Et quand il relève la tête, ses joues ont retrouvé leur teinte rosée, ses yeux brillent de malice, et il sourit à nouveau.

— On a réussi ! crient les enfants, qui sautent de joie.

Esméralda se jette dans les bras de son mari.

— Que se passe-t-il ? demande-t-il. Vite, on est le 30 novembre, les amis, j'ai des tonnes de choses à faire ! Rentrez chez vous, la neige arrive !

Il en a raté des choses ! Chacun leur tour, les enfants lui racontent TOUT, sans oublier aucun détail. Pour finir, Cléo montre leur nouveau livre de Noël. Père Joël regarde avec intérêt les différentes recettes récoltées, les images et photos qu'ils ont collées et toutes les notes qu'ils ont prises durant ce mois de décembre. Il y a même un pétale d'hellébore et la recette de l'antidote... On ne sait jamais !

— Je vous remercie. Ce que vous avez fait, c'est... c'est... Je ne trouve même pas les mots ! dit-il en riant. Je vais prendre le relais.

Devant l'air déçu des enfants, il se dépêche d'ajouter :

— Et je vais avoir bien besoin de vous !

Aussitôt, Abby, Liam, Cléo et Marius retrouvent le sourire et suivent le vieil homme.

Quand ils arrivent au chalet des merveilles accompagnés de Père Joël, ils constatent deux choses : que les maisons ont, comme par magie, retrouvé leurs couleurs et que les nouvelles sont allées plus vite qu'eux ! De nombreuses personnes sont là, heureuses de le retrouver. Lupin, Cerise, Hercule, Violetta,

Mamie Huchette, Fabrizio, Vitali et tous les enfants de Jutelandmökk ! Père Joël a les larmes aux yeux devant tant de solidarité. Il comprend que tout le village le soutient. Après avoir serré dans ses bras son fidèle assistant Lupin (oups, ils se sont vraiment trompés sur son compte), il prend la parole :

— Habitants de Jutelandmökk ! Il se pourrait bien que ce Noël soit le plus inoubliable de tous ! Unissons nos forces afin que tout soit prêt à temps ! Il nous reste deux jours !

Et tout le monde l'applaudit avant de s'activer. Même Dalloween, qui met « la patte à la pâte », comme il l'a dit à Cléo !

À la sortie de la salle, Liam se prend les pieds dans un gros carton posé au sol. Aussitôt, Cléo reconnaît la signature du « gâcheur de Noël » sur l'étiquette.

— Ne touchez à rien ! s'écrie-t-elle. C'est peut-être dangereux !

23
décembre

PÂTISSERIE & CAFÉ

Bob Fouettard n'a pas dit son dernier mot !

Alors que tout le monde craignait un colis piégé, c'est un énorme bouquet de sucettes aux couleurs de Noël qui a surgi du carton! Personne n'a osé y toucher de peur d'être empoisonné...

Mais, après une nuit d'attente, Liam n'en peut plus. Il s'approche du paquet et s'apprête à saisir une sucette quand il est interrompu :

— N'y touche pas! crie Abby, qui connaît bien son ami. C'est peut-être piégé!

Un homme s'avance alors et dit :

— Mais non, c'est un cadeau pour tous les enfants!

Personne ne réagit. Qui est-ce ? Nul ne le connaît au village... Abby, la super enquêtrice, semble reconnaître quelque chose.

— Ces yeux... Je les connais, murmure-t-elle aux enfants à côté d'elle. Et cette moustache de travers, c'est louche, non ?

C'est alors que Gaspard s'écrie :

— Papa !

— Papa ? répètent en chœur les enfants.

L'homme à côté du carton tire sur sa moustache qui se décolle et ôte son bonnet.

— C'est Bob Fouettard, attrapez-le ! hurle aussitôt Marius, prêt à passer à l'action.

— Attendez, s'écrie celui-ci en levant les bras. Je... Je voulais vous dire que j'étais désolé. Vraiment. Je ne sais pas pourquoi j'ai fait tout ça. Toute cette joie, ces cadeaux, ces trucs dégoulinants d'amour... J'ai longtemps cru que ce n'était pas pour moi. Et quand j'ai vu les enfants se donner autant de mal pour préparer Noël, j'ai réalisé que c'était pas sympa ce que j'avais fait. Et, j'avoue, j'ai adoré le chocolat à la moutarde et sculpter un bloc de glace en cachette...

— Aaaaaah tout s'explique ! murmure Liam. C'est de là que vient le vote pour ce chocolat horrible ! Et au concours, on ne vous a pas reconnu avec votre masque de protection !

Bob Fouettard reprend, en baissant les yeux :

— Je ne savais pas que ça causerait tant de mal au village, de perdre la magie de Noël. Comment est-ce que je pourrais réparer mes erreurs ?

— Eh bien, intervient Père Joël, en faisant exactement ce que tu viens de faire, Bob : en t'excusant sincèrement.

Gaspard saute dans les bras de son père et commence à pleurer.

— Pleure pas, mon bonhomme ! On va fêter Noël ensemble !

— Papa, je suis tellement heureux.

— Arrêtez tous les deux, parce que sinon, je vais pleurer aussi, renifle Liam, tandis que Marius prend des photos-souvenirs.

Ce n'est pas tous les jours qu'on voit Bob Fouettard en train de sourire, ça mérite d'être consigné dans *Le livre enchanté de Noël* !

— Est-ce que vous seriez d'accord pour que je vous aide à finir de tout préparer pour la fête de demain ? demande Bob.

— À une condition ! dit gravement Esméralda.

Tout le monde se tourne vers la femme de Père Joël.

— Que vous veniez avec toute votre famille fêter Noël !

Bob Fouettard hoche la tête, ravi.

— Oh là là, dit Liam à ses amis, qui aurait cru qu'en fait il avait gardé une âme d'enfant ?

— Une âme d'enfant ? reprend Cléo. C'est vite dit !

Et tout en s'avançant vers Bob Fouettard qu'elle pointe du doigt, la jeune fille déclare :

— Crotte de pigeon et poil de mouton, je vous ai à l'œil ! Au moindre faux pas, c'est cachot direct !

— Euhhhh..., rigole Marius, on n'a pas de cachot à Jutelandmökk.

— Je sais, répond Cléo, mais je trouvais que ça faisait son petit effet !

Le moment aurait été parfait, si Bob Fouettard n'avait pas ajouté :

— Ah... au fait... il se pourrait que j'aie fait une autre petite bêtise...

24
décembre

PÂTISSERIE & CAFÉ

Un Noël comme nulle part ailleurs

Quelle journée ! Épuisante certes, mais tellement agréable ! Ça faisait longtemps que les habitants de Jutelandmökk n'avaient pas été aussi joyeux et solidaires. Heureusement, la bêtise de Bob Fouettard n'était pas trop grave : il avait mélangé tous les cadeaux, mais une équipe de volontaires a réussi à remettre les bonnes étiquettes, et tous les présents sont désormais en place.

Chacun pourra venir prendre le sien à minuit pile, comme prévu !

Mais avant, les enfants ont reçu une invitation délivrée par Dalloween. Ils ont rendez-vous au lac de Jutelandmökk.

Sur place, les adultes les attendent, l'air malicieux. Cerise s'avance et s'exclame :

— Pour remercier tous les enfants, qui n'ont jamais cessé de croire en la magie de Noël, et qui se sont battus pour sauver Jutelandmökk, nous avons préparé cette surprise !

D'un coup, les villageois s'écartent et laissent entrevoir le lac gelé décoré de lampions et de guirlandes colorés ! Ils ont même préparé des traîneaux à faire glisser sur la glace.

— Oh là là, c'est magique ! s'exclame Liam.

Juste à ce moment-là, la neige se met à tomber ! On entend des « ooooohhh » et des « aaaahhh », car à Jutelandmökk, il existe une autre tradition : les flocons du 24 décembre portent chance pour l'année qui suit. Alors, tout le monde fait un vœu en fermant les yeux.

— C'est quoi, ton vœu? demande Cléo à Liam.

Celui-ci la regarde et ouvre un œil :

— À ton avis?

Cléo fait semblant de réfléchir et répond :

— Que Cerise ne rate plus jamais ses roulés!

Liam ne dit rien mais fait un clin d'œil à son amie. Marius, fidèle à lui-même, mitraille les villageois. Depuis ce matin, il est officiellement le photographe-reporter de Jutelandmökk.

Les enfants, rejoints par Dalloween, entonnent le chant de Noël. Le renne chante plus fort que tout le monde et provoque un fou rire général.

Puis, munis d'une guimauve en forme de renne et d'un sachet de sucres d'orge à la barbe à papa Joël, les enfants font un petit bilan de ce mois de décembre.

— Vous imaginez, dit Liam, il aura fallu que la neige ne tombe pas, que la maîtresse soit malade, que Bob Fouettard ensorcelle Père Joël et vole le livre de Noël pour que tout soit si… si…

— Parfait ! intervient Marius en souriant.

Enfin, Père Joël annonce le début du repas.

— Ah ! dit Liam. Ça fait 24 jours que j'attends ce moment !

— Ça ne serait pas plutôt 365 jours ? se moque Marius en riant.

Les fameuses merveilles de Jutelandmökk composent le festin : les roulés à la cannelle, la purée de châtaignes aux airelles, les boulettes de viande en sauce, les pommes de terre bien dorées, le chou farci au miel…

— C'est le paradis ! hurle Liam.

Tout à coup, un son cristallin se fait entendre. C'est Mme Grammaire qui tape sur son verre avec son couteau. Elle est enfin revenue et les enfants sont ravis.

— J'ai une petite annonce à faire aux élèves ! Voilà, comme vous avez manqué pas mal de jours d'école, je vous attends tous demain, à 8 heures, pour commencer le rattrapage.

— Quoi, un 25 décembre ? s'indigne Marius.

— Jamais de la vie ! surenchérit Cléo.

— Franchement, on n'aurait jamais dû la retirer de la liste des suspects ! réagit Abby.

— Ahah ! s'exclame Père Joël. On vous a bien eus, hein !

— C'est pas drôle ! dit Marius, vexé.

Mais devant l'air hilare de ses amis, Marius se détend et rit lui aussi. Puis il les attrape un par un par la main et, ensemble, ils rejoignent la grande ronde de Noël où tout le monde danse et chante déjà.

C'est ça, Noël à Jutelandmökk !

Si je devais choisir un personnage qui me ressemble, je crois que ce serait Cléo ! Même si je ne parle pas rennois !

Mais ce qui est sûr, c'est que si Noël était en danger, moi aussi je porterais des badges qui disent « Ne touchez pas à mon Noël » ! Pourquoi ? Parce que Noël, pour moi, c'est sacré, pardi ! J'adore réfléchir aux cadeaux (les miens aussi, hein !), aux différents repas que je prépare avec ma maman, aux activités qu'on va faire avec tous les enfants de la famille, aux décorations qui vont apporter de la joie...

Noël, c'est magique, à Jutelandmökk et partout ailleurs !

Mathilde Paris

Quand on est illustratrice, on a tendance à vivre dans une bulle faite de passion pour le dessin et d'univers enchanteurs, et ce n'est pas pour rien. C'est essentiel de rêver.

Cette histoire est l'essence de ce qu'il ne faut pas oublier, de ce qu'il y a de plus important dans un événement comme Noël... La magie, les rêves qui sont en chacun de nous.

J'espère que mes illustrations auront apporté un peu plus de magie encore à ce beau roman.

Marine Gosselin

D'autres aventures pour attendre Noël…

24-32, rue des Amandiers, 75020 Paris – France

Mise en pages : Nord compo
Correction : Claire Gaillard, Catherine Rigal

Loi n° 49-956 du 16 juillet 1949 sur les publications destinées à la jeunesse, modifiée par la loi n° 2011-525 du 17 mai 2011.

Dépôt légal : septembre 2023

Imprimé en Serbie. Printed in Serbia.

FSC
www.fsc.org
MIXTE
Papier issu de sources responsables
FSC® C117682